푸른사상
시선

92

그대도 내겐 바람이다

임 미 리 시집

 푸른사상
PRUNSASANG

푸른사상 시선 92

그대도 내겐 바람이다

인쇄 · 2018년 9월 20일 | 발행 · 2018년 9월 26일

지은이 · 임미리
펴낸이 · 한봉숙
펴낸곳 · 푸른사상사

주간 · 맹문재 | 편집 · 지순이, 김수란 | 마케팅 · 김두천
등록 · 1999년 7월 8일 제2-2876호
주소 · 경기도 파주시 회동길 337-16(서패동 470-6) 푸른사상사
대표전화 · 031) 955-9111(2) | 팩시밀리 · 031) 955-9114
이메일 · prun21c@hanmail.net / prunsasang@naver.com
홈페이지 · http://www.prun21c.com

ⓒ 임미리, 2018

ISBN 979-11-308-1370-7   03810

값 9,000원

그대도 내겐 바람이다

임미리

이 책은 전라남도 문화관광재단에서 제작비 일부를 지원받았습니다.

생의 한 점, 한천(寒泉)에 찍고
다람쥐처럼 온순하게 살고 있다.
한천이란 지명의 의미
시원한 샘물이라고 한다.
무더운 여름 참샘에 앉아
시원한 물 한 모금 입안에 머금으면
머리부터 발끝까지 전율이 인다.
내 시 한 편도 누군가에게는
시원한 생명수 같았으면
참으로 좋겠다고 적바림한다.
용암사 풍경 소리 저만치 멀어져도
산 아래 호수의 물결, 흔들림이 없다.

2018년 8월
수인(修仁) 임미리

■ 시인의 말

제1부 화순 사랑, 꽃이 피네

제2부 천년의 꿈

제3부 그런 날 있지

제4부 그대도 내겐 바람이다

제1부
화순 사랑, 꽃이 피네

적벽에 들다

기밀문서 한 페이지 가슴에 품은 듯
조심스럽게 너릿재 터널을 빠져나오면
거기 내 사랑 순(順), 해맑은 언어들 토해낸다.
산허리를 어루만지듯 화순의 알프스에 이르면
어머니의 품에 안긴 듯 따스한 숨결
몸속으로 스며들고 향긋한 내음새 그윽하다.
무등(無等) 아득한 영평리 초입
애절한 적벽가 한 소절 귓가를 맴돈다, 회오리치는
모퉁이를 돌아 적벽 가는 길, 황금빛 서성인다.
바스락거리는 낙엽, 꽃잎인 듯 사뿐히 밟으면
아름다운 능선을 따라 저 멀리 아득한 곳
붉은 바위와 청잣빛 물결 속삭이듯 노래한다.
장단을 맞추는 노루목 적벽 눈부시게 환하다.
망향정에 앉아 세월의 흔적 되새김질하면
출렁이는 물결이 건너와 내력을 토해낸다.
청잣빛 물결처럼 천천히 적벽에 스며든다.
물속에 잠든 오래된 영혼들, 위로하듯
저 멀리 봉황 한 마리 힘차게 날아오른다.

만연사 종소리

미혹에서 깨어나라는 듯, 만연사
저녁 종소리, 먼 곳까지 울려 퍼진다.
동구리 호수에 어둠이 고인다.
반짝이던 물빛 옥색 하늘 자취를 감추고
호수를 산책하던 사람들도 집으로 돌아간다.
산 그림자도 천천히 마을로 내려간다.
어둠이 스며든 호수의 경계에선
고요와 정적만이 가슴을 적신다.
차가운 바람이 낯선 이방인처럼 얼굴을 스치고
나는 어둠으로 물든 풍경 사이에서 서성인다.
멀리서 날아온 한 장의 흑백 그림엽서처럼
철없는 옛날이 뇌리를 스치면
추억을 간직하듯 살며시 셀카를 누른다.
보이는 것들은 어둠 속으로 잠기고
경계 없는 빛과 어둠 사이 채색
어떤 언어로도 발화되지 못하고 가슴을 짓누른다.
호수의 둘레를 따라 조용히 걸으니
나도 거짓말처럼 어둠 속으로 빨려 들어간다.

저녁 종소리, 자꾸 경계를 지워
세상은 조용히 하나가 된다.

연꽃 세상

연꽃 세상이라 이름 붙인 곳에 간다.
물이 없으니 한 덩어리의 진흙도 없고
연못이 없으니 한 송이의 꽃봉오리도 없다.
시든 꽃들이 모여 앉아 점심 공양을 한다.
자꾸만 손이 떨리는지 밥 한 숟가락
입으로 제대로 넣지 못한 채 흘리고 만다.
시든 꽃들은 무엇이 그리 미안한지
차마 한마디도 말하지 못한다.
눈짓으로 손짓으로 몸의 언어를 토해낸다.
그들의 언어를 재빠르게 읽어내야 하는
짧은 시간 사이를 느리게 오가면
다행히 시간은 그들이 살아온 세상으로 스며든다.
쓸쓸한 뒷모습을 남기고 시든 꽃들이 자리를 뜬다.
뿌리 없는 부표처럼 몸을 흔들며 사라진다.
그들의 뒷모습을 바라보다 무심코 일어선다.
날카로운 선반 모서리에 이마를 찧는다.
차마 소리 지르지 못하고 입술을 깨문다.

그 흔적 내일쯤 검붉은 멍으로 남아 채색되겠다.

시든 꽃들 오래도록 뇌리를 떠돌겠다.

천 배의 바람

초록빛으로 싱그러운 운산암
법당 문을 열고 조심스럽게 들어선다.
두 손을 모아 촛불을 켜고, 향을 피운다.
목련빛 자리를 가져와 조심스럽게 놓고
그 위에 수여좌(誰與座)라고 쓰인 자리보를 펼친다.
오늘은 천 배를 하리라는 바람
백팔 배를 아홉 번 하고도 스물여덟 번의 헤아림
길고 지루할 것을 알기에 무상무념을 꿈꾼다.
부질없는 욕심인 줄 알지만 절을 시작한다.
내 무릎은 삐거덕거리는 법당 마루를 흉내낸다.
절을 할수록 커지는 자리보의 수여좌
나를 보고 눈을 찡긋한다, 부끄럽게
누구와 함께 자리를 하냐고 묻는다.
이제 그만 자리를 바꾸어보라고 채근한다.
너무 멀리 왔다며 일어나라고 다그친다.
모두 털고 일어나라고 수여좌는 회초리를 든다.
절을 할수록 선명해지는, 아니 흐릿해지는
글자 사이로 천 배의 바람이 아릿하다.

이제 그만 놓아버리고 가벼워지려는 순간

삐거덕거리는 천 배의 바람이 숨을 죽인다.

내일이면 제자리로 돌아올 바람은 바람이다.

둥글다

바람 불어 향그러운 날
동구리 호숫가 오솔길을 걷습니다.
갑자기 비가 내리고, 멈추더니
나뭇가지는 맑고 투명한 빗방울
주렁주렁 둥글게 매답니다.
바람 불어 나무는 간지럽다는 듯
참을 수 없는 가벼움으로
둥근 빗방울 머리 위로 떨어뜨립니다.
깜짝 놀라 다람쥐처럼 귀를 세우고
나는 사람방울이 되어
둥글게 굴러가다가 두 발 멈춰섭니다.
주위를 둘러보니 세상은 빗방울 머금고
둥글게 둥글게 돌아갑니다.
서로서로 손잡으면 둥글게 커지는 빗방울
호수를 흔드는 잔잔하고 둥근 포물선
따스한 마음 한 자락 멀리멀리 보냅니다.
둥글게 돌아가는 지구처럼
세상은 둥글다고, 둥글게 살아가라 합니다.

저 하늘은 사람방울 만들어놓고
모른 척 청아한 얼굴 내밉니다.

영벽정에 올라

영벽정에 올라 강물을 내려다본다.
유유히 흐르는 맑은 물을 품은 지석강
연주산을 가득 담고도 한마디 말이 없다.
고개를 들어 무심히 올려다보는 저 산
한 폭의 수채화처럼 손짓한다.
강물 속에 자리 잡은 연주산을 바라본다.
산은 바람 따라 수없이 흔들리고
계절 따라 변하면서 모습을 감추기도 한다.
사람이 사는 모습도 저 연주산 같다.
겉으로 보이는 가시적인 모습과
내면의 모습이 다르다는 것을 안다.
영벽정에 오르니, 모른 척 묻어두고 싶은
수없이 흔들리는 내 안의 모습이 보인다.
바위처럼 단단하게 포장하고픈데, 어설픈
나의 껍데기를 푸른빛으로 감싸준다.
오늘은 강물 속에 나를 투영하며
영벽정 맑은 속삭임에 귀 기울인다.

화순 사랑, 꽃이 피네

한 톨의 씨앗으로 견뎌온 가난한 시간
이제는 고개를 들어 앞을 보세.
진녹색으로 울울창창한 만연산
햇살을 받아먹는지 반짝반짝 빛이 나네.
저 빛 어머니처럼 화순을 부둥켜안네.
그대 가는 걸음걸음 그늘도 환하네.
일기일회(一期一會)의 소중한 순간
어느 피곤한 몸 잠시 쉬어 가는지
숨결이 들리는 듯 마음 자락 따스해지네.
노루목 적벽에 정좌한 김삿갓
묵향의 필력을 일필휘지(一筆揮之)로 휘날려
소통과 공감의 장터에서 살아보자고
두둥두둥 한바탕 굿판을 벌이네.
화순을 사랑하는 간절한 마음
오롯이 쌓아온 시간을 호흡하네.
그대의 찬란한 앞날을 축복해주는지
만연사 종소리 먼 곳까지 울려 퍼지네.
화순 사랑, 향기로운 꽃이 피네.

유배지에서

세상에 태어나 누군가의 발목을 간절히 붙잡아본 적 있는가.

붙잡는 일조차 너무도 고통스러워 속울음 울어본 적 있는가.

다행히 어둠이 어깨너머로 내 아픔 모르는 척 가려주고

사뿐사뿐 걸을 수 있도록 잔디가 내 아픈 발바닥 받쳐주고

그 무엇보다도 달님은 그 모습 다 볼 수 없다고 실눈 뜨고 있었네.

막혔던 물줄기 왈칵 터져 나와 눈물이 멈출 줄 몰랐네.

이대로 굳어 아무것도 느낄 수 없는 화석이 되어버리고 싶었네.

찢겨진 가슴에선 떨어지는 붉은 피! 누구에게도 보이고 싶지 않았네.

포장을 하고 또 포장을 하여 이 아픔도 선물이라고 다독여보았네.

아침은 멀었으나 헤어질 시간은 너무 빨리 당도하였네.

설움과 아픔은 아무도 모르는 나만의 속울음일 뿐이라네.

나는 바람을 타고 날아올라 우듬지에 말없이 걸려 있고 싶었네.

이 고통이 빨리 끝이 나기를 기도하고 또 기도했다네.

눈이 있어도 다시는 볼 수 없는 애달픔을 잉태하고 싶지 않았다네.

고통은 더디 가고 기쁨은 빨리 가는 것을 예전에 몰랐다네.

구절초

꽃차 한 모금에 마음 자락 꽃물 든다.
향긋한 내음에 젖자 먼 기억이 출렁인다.
고향집 마당에 두고 온 구절초 한 송이
구름 모자 눌러쓰고 굽은 허리를 편다.
산모퉁이 하염없이 바라보며 묻고 있다.
바람 불어와 도심으로 떠나버린 그대들
오늘도 아무런 소식이 없는데, 잘 있는지
한 모금의 차향, 먼 기억을 불러내도
구절초 언덕길 노닐던 그리움
쉽사리 사라지지 않는다.
도심으로 이사 온 구절초 속에 묻혀
꽃향기에 취한 듯 구름 모자 그리워진다.
한바탕 춤사위에 바람인 듯 내 몸을 맡긴다.

푸른 하늘빛

무엇을 위해 고개 숙이며 살아왔나.
올해는 하늘빛이 유난히 곱다는 말 뒤에
가을 하늘은 항상 고왔단다.
뭘 그렇게 정신없이 살았느냐는 물음 뒤에
순식간에 지천명이 지났음을 알겠네.
눈부셔서 마주할 수 없는 하늘 아래
어떤 카르마가 나를 붙잡았을까.
고개 숙이며 살게 했을까.
몇 해를 하늘을 우러르지 못하고 살아왔을까.
아득하네, 지나온 시간들이 지나갈 시간들이
저 고운 하늘빛이 무수히 흘러가버렸다니
올가을은 저 푸른 하늘빛에 취해야겠네.

만연사, 연등

나는 너의 한 그루 아름다운 그림자

나뭇잎 사이로 환한 햇살을 주고

시원한 꽃그늘의 소중함을 안겨주지만

너를 벗어나서는 아무것도 할 수 없다.

어딘가에 보이지 않는 족쇄를 채워놓았나.

날마다 초조해진 마음으로 너는 내 외로움을 갉아먹는다.

그림자처럼 숨죽이며 이제 나는 침묵을 배운다.

무거운 돌덩이가 가슴 위에 얹혀 있는데

내려달라고 하소연하다 외마디 소리를 지르면

너는 보이지 않는다고 외면하는 법을 가르쳐준다.

달콤한 꿀을 주면서도 퇴화된 날개의 서글픔을 준다.

나는 네게 아무것도 줄 것이 없다.

할 것이 없는 나는 숨을 쉴 수가 없다.

신생아처럼 몸을 웅크리고 앉아

무성한 붉은 꽃잎을 하나둘 센다.

그늘의 소중함을 배반하는 꿈을 기다린다.

배롱나무 가지에 매달아놓은 연등이 흔들린다.

바람이 불고 연등의 그림자도 함께 흔들린다.

가시버시

화순읍 동헌길 23번지 그곳에 가면
은행나무 두 그루 다정하게 서 있네.
어제는 손 놓은 듯 오늘은 손잡은 듯
서로의 그늘, 숲이 되어 머무르는 동안
나무는 울울창창한 고요를 벗 삼아
온기에 기대며 환한 햇살 불러들이네.
멀리서 향기로운 바람 불어와
나무의 귓가에 달콤한 사랑 한 줌 불어넣네.
행복한 듯 상상의 날개를 퍼득이자
노란 은행잎들 나비떼처럼 날아오르네.
어느새 황금빛으로 빛나는 동헌 앞마당
은행나무 두 그루 흡족하게 마주하네.
사랑하는 가시버시처럼 다정도 하네.
천년인 듯 싹 틔워 영원이 살겠다 하네.
부러운 시선 온몸으로 받아들이며
천년인 듯 꿈꾸는 열매 맺어 보겠다 하네.
하늘 높이 날아오르는 노란 나비떼
눈이 멀 것 같아 고개를 돌리고 말았네.

꽃그늘

숨죽인 바람이 잔디밭을 끼고 돌쯤

암자의 요사채 문을 밀고 들어선다.

스님을 향해 두 손 모으고 합장한다.

방 안 가득 그윽한 매화향이 코끝을 적신다.

님 맞이할 채비를 마친 여인처럼

유리화병 속의 매화 수줍게 웃는다. 마음속으로

화병을 흔들자 꽃비처럼 휘날리는 매화

만개한 꽃잎 사이로 소소리바람이 가슴을 적신다.

세월의 향을 읽을 수 없는 스님의 얼굴

환하게 웃고 있지만 마음은 잡히지 않는다.

차 한 잔 나누자며 찻잔에 녹차를 가득 채우고

그 위에 매화를 두둥 띄워준다.

비 오는 날, 홀로 앉아 차 한 잔 따라 놓고선

잔에 매화를 띄워 인증 사진을 찍었단다.

나이 어린 소녀 같은 말씀 사이 쓸쓸함이 내려앉는다.

홀로란 단어, 스치는 바람 같은데 귓전에 오래 머문다.

스님은 신선이라도 된 듯 부러울 것 없었다는데

없었다는 과거 시제가 마음 자락을 서럽게 흔든다.

그윽한 매화향 입안 가득 만끽하라는데
백매화 꽃그늘 찻잔 곁을 자꾸만 서성인다.

틈의 숨결

생의 어디쯤 잠시 쉬어 가려는 찰나
누군가 부르는 소리 들린다.
행방을 찾아 나서니
바위와 바위를 지탱해주는 사이에 틈이 있다.

호기심을 열어 틈을 들여다본다.
뾰족한 얼레지꽃 보랏빛 숨결을 정겹게 토해낸다.
짧은 감탄사 사이로 다람쥐가 쪼르르 내달린다.

저 틈, 푸른 하늘이 잿빛 하늘이 쉬어갔으리라.
때론 햇살이 들어오고 비가 스며들었으리라.
그 사이로 바람은 씨앗을 실어 날랐으리라.
틈이 있어 꽃이 피고 향기가 스며들었으리라.

그렇게 틈을 가지고 살았으면 좋았을 것을
숨결도 스밀 수 없는 각박한 지난 시간
스멀스멀 기어 올라와 견딜 수 없는 무게가 벽이다.

저 찰나를 틈의 숨결이라고 부르니

꿈을 꾸듯 저 높은 곳을 바람처럼 비행하기를

눈부신 햇살 한가득 실어 보낸다.

천년을 살아

— 이서 야사리 은행나무

천년을 산다는 은행나무 앞에 선다.
어느덧 몸과 마음이 정갈해진다.
초록의 강을 징검다리처럼 건너와
노랗게 물든 시간 앞에 숨도 멈춘다.
엄숙한 마음으로 나무를 찬양하는 것은
오늘 하루 짧은 여행으로도 충분하다.
천년의 휴식을 품에 안을 수 있기 때문이다.
그늘에 앉아 늙어가는 인간사를 물으니
나무는 수천 가지로 뻗은 팔을 흔들어
천년의 말씀을 전해주며 어깨를 다독인다.
함께 늙어간다는 것, 늙어가는 모습을
서로에게 보여준다는 것은 거룩한 일이란다.
비록 상큼한 향기를 전하진 못하지만
나무는 천년 동안 소중한 그늘을 만들었단다.
나뭇잎 저희끼리 햇살처럼 노랗게 부서지며
천년의 바람 소리로 속삭인다.
천년쯤 살아보았느냐고, 천년쯤 흔들려 보았느냐고,
뿌리 깊은 시간 앞에 지켜온 이 자리

흔들려도 흔들릴 수 없다고, 그대 있음에
나 여기 이 자리에 있다고 다정한 손을 내민다.

별산

화순에 가면 청궁 일번지가 있지.
그곳, 아름다운 별산에 오르면
해맑게 빛나는 하늘을 올려다볼 수 있지.
눈이 부셔서 눈이 저절로 감기지.
감긴 세상이 어둠 속에 잠긴 듯하여
한 발자국 나아가지 못하고
별산에 누워, 하늘을 우러르면
하늘에 별 무더기 수없이 반짝이지.
어둠 속에서 무수히 반짝이는 것들
귓속을 간질이는 노랫소리 들리지.
가끔은 눈을 감아야 보이는 것들이 있지.
귀를 막아야 들리는 것들이 있지.
비로소 완성되는 것들은
우주의 경계를 벗어나 하늘을 가르지.
자 하늘을 봐, 보이잖아
반짝반짝 빛나는 우리들의 별
별산에 올라 별들을 훔치고 있지.

제2부

천년의 꿈

열매솎기

복숭아나무, 알밤 크기의 열매들
사이좋게 어깨를 맞대고 다닥다닥 붙어 있다.
향기가 드나들 바람구멍 없어도
맨살끼리 부딪치면 저희끼리 정겹다.
아버지의 나라 과수원, 오늘은 열매솎기를 한다.
여럿 중에 가장 잘난 놈만 남겨두고
가장 잘난 놈만 선호하는 우리네 인생처럼
서러운 생을 마주 대하듯 열매솎기를 한다.
꽃 핀다고 다 열매가 될 수 없고
열매가 된다고 다 과일이 될 수는 없다.
못난 놈은 저 혼자 서러워
지나가는 손길만 스쳐도 먼저 알고 툭툭 붉어진다.
한 번쯤 피워보지도 못하고 땅으로 내던져지는 놈들
땅으로 나뒹굴고 깨져 흙 범벅이다.
민얼굴이 시퍼렇다, 쉿! 비밀 같지만
사람살이도 다 열매 솎느라 속절없이 바쁘다.

한가위 선물

할아버지 할머니 나란히 누워 계시는
산소에 앉아 옛 생각에 젖어드니
저 멀리 너릿재 옛길 강물처럼 출렁인다.
간절히 그리운 할아버지를 찾아
머나먼 곳, 현해탄을 건너셨던 할머니.
해방되어 돌아온 그리운 고향땅
알콩달콩 정겹게 살아보지도 못하고
할아버지는 처자식만 남기고 세상을 등지셨다.
그믐달만 한 기쁨, 가슴 한쪽에 불씨처럼 키우며
버거운 빈자리 지키다 돌아가신 할머니.
생각의 이랑과 고랑이 물결처럼 일렁이면
이야기보따리 펼치시던 모습, 뇌리를 스친다.
할아버지 할머니, 산소에 앉은 손주들 바라본다.
고요한 침묵 사이로 바람이 분다.
나뭇가지 흔들려 알밤이 툭, 떨어지는데
찰나의 순간 '무엇이든 겸손하게 배우며 살라'던
할머니 말씀, 귓전을 울려 마음 자락 일깨운다.

그 말씀 정겨운 메아리에 실어

한가위 선물처럼 손주들에게 안겨 주신다.

향기에 취해

연분홍 고운 빛을 보면
엄니의 젖가슴 같은데
평생을 복숭아와 살아온 엄니
저 고운 빛이 서로 몸 닿으면
그 자리 짓물러 썩어버린다고
선별할 때는 적당한 거리가 필요하다 했네.
절대로 붙여놓으면 안 된다고 다짐을 받곤 했는데
나이로 살기보다는 생각으로 살라며
엄니는 저녁노을이 지도록 가르쳤는데
사람과 사람의 적당한 거리
지천명의 나이가 지나도록 모르고 살았네.
복숭아, 달콤한 향기처럼
엄니 냄새 같아 자꾸만 파고들었는데
사람의 뒷모습 참 쓸쓸하네.

하찮은 것들이

나무 둘레의 흙을 동그라미 그리듯 파낸다.

삽을 들어 동그라미 속으로 퇴비를 넣는다.

파낸 흙을 덮어 정성껏 다듬고 마무리한다.

소소리바람 살 속을 헤집고 지나가더니

명지바람 먼 산을 넘나들어

오늘은 따스한 햇살을 불러들인다.

나무들 사이에서 풀들과 벌레들

하찮은 것들이 목숨을 맡기고 더불어 산다.

나무들 사이로 얼굴을 내밀어

과수원을 지키는 제비꽃과 민들레

삽으로 뒤집고 파내어도 항상 그 자리를 지킨다.

하찮은 것들이 어제도 오늘도 내일도

무표정한 듯 코믹한 근위병처럼

이 봄, 아버지의 나라를 지키고 있다.

폭풍이 지나간 자리

폭풍 전야의 고요함을 쓸어버릴 듯
괴기스러운 기운이 감도는 과수원
하늘 위로, 나무 위로 폭풍이 몰려온다.
나무들의 시선, 안절부절못하고 휘청거린다.
폭풍, 날개를 움직여 나무의 뿌리까지 흔든다.
나뭇잎 떨어지고 가지가 찢어진다.
어찌하지 못하는 절망의 시간을 뒤로하고
꿈속을 거닐듯 거짓말처럼 주위가 고요로 물든다.
햇살을 불러들인 나무는 과일을 익힌다.
찢어진 가지에 매달린 과일, 나무는 더 정성을 들인다.
아프고 못난 자식에게 애잔한 마음을 쏟듯
뼈로 묻혀도 자식을 잊지 못하는 어미의 마음처럼
나무의 저 모습, 어디서 본 듯 아슴하다.
폭풍이 지나간 자리, 이제는 무릉도원이다.

미인이 되는 법

아버지의 작은 나라, 무릉도원

그곳엔 미인이 되는 비법 지금도 전해지죠.

여인네들은 그 비법을 터득하기 위해

뜨거운 여름날에도 아버지의 나라를 여행해요.

그것은 바로 연분홍빛 복숭아에 숨어 있는데

복숭아의 생김새는 육안으로 보았을 때

보송보송한 솜털이 있어 먹음직스러워야 돼요.

손으로 껍질을 벗기면 달콤한 국물이 뚝뚝 떨어져야죠.

하늘을 날던 까치 향기의 유혹을 못 견뎌

부리로 콕 쪼아 먹은 복숭아는 더 맛이 있죠.

더 일품인 복숭아가 있는데 지나가던 벌레

참을 수 없는 향기의 유혹에 부드러운 입술로 파 먹은 것
이죠.

미인이 되는 법은 바로 그 벌레 먹은 복숭아에 있죠.

어두운 밤에 불을 켜지 않고 먹으면 돼요.

제 향기를 품어 멀리 유혹하는 것들은

자연의 흐름에 부대끼면서 제대로 익은 것들이죠.

복숭아는 향기로 말하죠, 미인이 되는 법을.

천년의 꿈

붉은 야산 개간하여 과수원 주인을 꿈꾸었다.
연분홍 꽃잎, 나비처럼 휘날리는 상상의 나래를 펴며
어린 복숭아나무 자식인 양 소중하게 다루었다.
부풀어 오르는 꿈 회오리바람처럼 휘몰아쳐도
과수원이란 이름을 얻으면 주인이 되는 줄 알았다.
나무에 종처럼 매여 더부살이같이 살아온 긴 세월
나무는 이제 주인을 닮아 옹이진 고목이 되었다.
폐원을 하면 몇 푼의 보상금을 받을 수 있으니
베어버리자고 설득하는 자식의 눈빛 속
붉은 욕심 뱀의 혀처럼 꿈틀거렸을까.
비록 고목이 되었지만 하나의 생명체란다.
붉은 꽃잎의 향기 실바람을 타고 먼 곳으로 날아가
인연의 고리처럼 연결된 복숭아들
자식들 밥 굶기지 않고 오늘을 살게 해주었단다.
은인 같은 생명체를 포기할 수 없다고
늙은 나무를 손바닥으로 어루만지면서
'천년을 빌려준다면'을 주술처럼 흥얼거린다.
아버지는 그 천년을 다시 벌어도

나무에 매달려 아낌없이 살겠다는 듯 웃는다.

당신의 소중한 마음 나무는 읽었을까.

올봄 복사꽃 수줍은 듯 만발하더니

연분홍 복숭아 나뭇가지에서 주렁주렁하다.

이제 다시 시작이다

노을도 자취를 감춘 퇴근길, 우편함 속으로 새처럼 날아든 우편물을 꺼내 발신처를 확인한다. 빈 공간을 차지한 봉합된 한 통의 공문서, 피하고 싶은 징병 검사 통지서가 바이러스같이 숨죽이고 있다. 아이가 고등학교 졸업을 이십여일 앞둔 시점이다. 빈집 책상에 앉아, 어떻게 이럴 수가……나라가 데려가겠단다.

같이 놀아달라던 아이를 억지로 유치원에 떠밀어 넣고 온종일 발 동동 굴렸었지. 육 년이라는 초등학교 기간, 학교로 학원으로 숨 쉴 틈 없이 내달렸었지. 북한에서 중학교 이 학년 때문에 못 쳐들어온다는 우스갯소리 너머로 지독한 사춘기 시절도 견디어내었지. 대학이란 목표에 올인하여 영혼 없는 기계처럼 견뎌온 고등학교 삼 년.

아이들이 백지장처럼 창백한 얼굴로 밤낮을 모르고 공부할 때 나라는 침묵을 가르쳤다. 긴 시간 수없이 정책을 바꾸면서 수수방관하고 모른 척하더니 뱀의 혓바닥처럼 통지서한 장 쏙 내밀고 징병 검사하여 데려가겠단다. 검사 날짜도 사이트에 들어가 좋은 날로 알아서 정하란다.

　이런 기분이었나. 엄마들이 수없이 토해놓고도 수습하지 못하던 가슴앓이. 아들에게 물으니 통지서가 카톡으로 바람처럼 날아들어 이미 알고 있었단다. 친구들과 노래방에 가서 이등병의 편지를 불렀다나. 어쨌다나. 당연한 수순처럼 기다리고 있었을까. 아이는 "이제 다시 시작"이라고 흥얼거리는데…… 인제 그만 놔두라고 항변하는 것 같아 내 귓속의 달팽이관 붉어진다.

먼 옛날이 그리워지는

오늘은 서러운 설날 아침이네요.
찬 기운이 뼛속까지 스며들어
거리엔 촛불이 외롭게 타오르고
쓸쓸한 바람만이 나부끼네요.
제수를 차려놓고 차례를 지냈던
동네 어른들께 세배를 다녔던
먼 옛날이 그리워지는 아침이네요.
때때옷을 입고 나비처럼 나풀나풀
동네 골목을 휘젓고 돌아다녔던
내 어여쁜 순이도 이제는 없네요.
나이 들어 옛 생각을 줍는 설날이
물가가 올라 가벼워진 차례상이
오랫동안 고통을 주는 세계의 현실이
슬픈 자화상처럼 일그러지네요.
우리들의 소중한 것들이 사라져
돌아오지 않는 설날 아침이네요.
찬 기운이 온몸을 휘감고 돌아
바람만 드나드는 빈집처럼 쓸쓸해지고

가슴에 남은 먼 옛날이 그리워

새날을 위해 두 손 모아 기도하네요.

새해 아침의 기도

동틀 녘 신년의 하루를 만지기 시작한다.

이런저런 일들 앞에 마음을 뒤척이다 보면

어느덧 사색의 끝, 지난날들이 되새김질된다.

어떤 날은 행복한 일들로 아쉬워했다가도

어떤 날은 모든 것들을 내려놓고 싶다가도

어떤 날은 한순간에 왜 그런 결정을 하였는지

낯이 부끄러워 어디론가 숨고 싶은 날이 있었다.

도저히 용납할 수 없는 그런 날도 있었다.

그래도 가끔은 괜찮아, 괜찮다 자위하면서

조금은 나를 위로해주고 싶은 그런 날도 있었다.

새해 아침, 부끄러운 민낯을 거울에 비추어본다.

두 손을 모아 합장을 하고 눈을 감는다.

신이여 내일은 더 지혜롭고 성숙하게 하소서.

이 기도가 비록 하찮고 덧없이 짧아도

붉은 태양처럼 강렬하고 지칠 줄 모르는 열정을 주소서.

날마다 새해를 맞이하듯 내 안의 울림을 주는

소중한 열정만은 영원히 남게 하여 주소서.

동트는 새해 아침, 모든 이들을 위해 기도드리오니

그윽한 꽃향기처럼 아름다운 소망을 꿈꾸게 하소서.

배꽃 필 때

바람 볼을 때린다, 홍매화 망울 터트리는데
바람 귓속을 윙윙 울리며 차갑게 지나간다.
아들들의 우렁찬 목소리 입영 심사대 운동장을 울린다.
허둥지둥하다 안아주지도 못하고
저 속으로 내 아들을 밀어 넣었는데 찾을 수가 없다.
안절부절못하며 붉어진 마음 사이로
전화벨이 울리고 먼 나라 이야기가 들린다.
너는 배꽃이 일주일쯤 앞당겨 필 것이라고
너는 일주일쯤 앞당겨 도착할 것이라고
해석되지 않는 낯선 언어를 토해낸다.
휴대전화 달력을 검색하는 행간 사이로
그때쯤 아들들은 훈련이 끝날 것이라고
얼굴도 보이지 않는 낯선 목소리가 말을 건넨다.
배꽃 필 때쯤이면 아들을 안아볼 수 있겠구나
아들들 속, 아들이 손을 흔들고
이름을 부르자 환하게 웃어주며 멀어진다.
길목이 사라진다. 아들들이 사라진다.

바람이 불어도 꽃샘추위가 순식간에 지나갈 것을
배꽃 피는 봄을 부르는 기도를 한다, 두 손 모아.

간절한 이름 하나

꿈에서조차 간절하게 그리워했던 날들이
실개천처럼 천천히 흘러갔다.
언제쯤이면 그날이 올까.
녀석을 보내고 얼마나 기다렸던가.
구구절절하게 깨알 같은 글씨를 쓴
녀석의 긴 편지를 받았지만
그날, 얼굴을 마주 보는 그날은
불면의 긴 밤을 보내고
가슴 설레면서 기다렸던 날이다.
저 멀리 점점이 보이더니 조금씩 확대되어
눈앞에 나타나는 순간 간절한 이름 하나 부른다.
간단한 절차를 위해
기다리는 시간은 더디 가고
정모를 씌워주러 달려가는 순간
녀석을 보자마자 와락,
쏟아지려는 그 무엇을 참아내면서
수고했다는 말 한마디로 안아준다.
이제는 많이 커버린 녀석의 눈빛에서

먼 시간을 달려온 시간만큼

간절한 기다림이 완성된다.

여우별

지친 하루를 정리하고 하늘을 올려다봐요.
어두운 밤, 먼 곳에 있어도 빛나는 별 하나
흘러간 시간처럼 멀어진 별은 추억이지요.
저 별, 아름답다고 노래하는 이유 하나
우리 모두 별처럼 빛나는 추억 때문이죠.
빛나는 자리, 어느 시상식장에서 봤어요.
의자에 빼곡히 앉아 침묵하는 사람들 속
조용히 빈자리를 찾느라 이리저리 헤매는데
휘날리는 향기 한 자락 코끝을 간질이죠.
그 자리, 한 송이 꽃 의자에 앉아 있어
사람처럼 다소곳이 의자에 앉아 있어
꽃이 별로 빛났죠, 그 이유 하나
모두의 마음속에 별이 되고 싶어서죠.
모두의 마음속에 추억이 되고 싶어서죠.
지친 하루 마음 궂은 날, 하늘을 올려다봐요.
여우별이 모두를 위해 잠시 눈을 뜨죠.
조금만 힘을 내라고 시공간을 넘나들죠.

서로에게 위안을 주는 추억을 새기라고

어두운 밤, 반짝 빛나는 기도를 올려요.

소금꽃

염전에만 소금꽃이 피는 것은 아니다.
허리를 굼벵이처럼 둥글게 말아 감고
밭두렁에서 굼실대며 호미질하시는
어머니의 몸에도 소금꽃이 가득하다.
염전에서 증발되어가는 소금물처럼
오뉴월 땡볕을 온몸으로 받는다.
이제 그만 호미를 놓아버리자고 해도
뜨겁게 내리쬐는 햇살에 몸을 말리며
마지막 남은 물기를 쥐어짜고 있다.
구부정한 허리 사이로 세월의 파도가 출렁인다.
온종일 꿈적 않고 격정의 시간을 참아내고 있다.
혼신의 힘으로 소금꽃을 피워내고 있다.
지나간 세월이 흘러도 부패하지 않을
생(生)의 옹이 진 흔적, 하얗게 피워내고 있다.
가만히 불러보면 눈썹 창에 이슬 맺히는
모두에게 소중한 이름 하나, 어머니
항상 그 자리, 굳건히 지키고 있다.

제3부

그런 날 있지

그런 날 있지

어두워질 수 없는 세상, 잠들지 못해도
내 눈꺼풀은 잠들고 싶은 날, 그런 날 있지.
견딜 수 없는 세상, 아프게 보여줄 때도
나는 조용히 눈꺼풀이 내려앉기를!
거짓말처럼 내려앉는다고 주문을 외우지.
죽은 듯 잠들고 나면 모든 것이 끝이라고
다 버리고 혼자가 되기를 기도하며
온몸이 마취된 듯 스르르 잠이 들 때도 있지.
거짓말처럼 아침이 오고, 세상이 눈을 뜨고
아침은 가볍게 우리의 눈꺼풀을 들어 올리지.
뫼비우스 띠처럼 처음도 끝도 없이 되풀이되는
버려도 버릴 수 없는 세상에 존재하는 것들.
하늘을 가볍게 날아오르는 작은 새처럼
가끔은 세상의 끈 놓을 수 있기를 기도하지.
단풍 들어 좋은 날, 아름답게 꽃단장하고
나무와의 인연을 놓아버린 거리의 나뭇잎처럼
세상을 놓아버리고 싶은 날, 그런 날 있지.

그리움의 무게

둥근 달팽이집 속에 들어가 살자.

태초에 인간은 하나의 머리에

두 얼굴을 가진 자웅동체였죠.

함께 한 방향을 볼 수는 없었지만

제우스는 인간을 절반으로 나누었죠.

반쪽의 그리움은 그때부터 생겼죠.

형벌 같은 무거운 짐을 등에 지고

평생을 찾아 헤매는 그리움

혹, 당신일까. 먼 그대일까.

살면서 만나지 못하고 떠날지도 몰라.

나머지 반쪽의 그리움을 찾아주세요.

이제 그만 달팽이집을 짓자.

뜨거운 열기로 몸을 녹여 하나가 되자.

흐느적거리는 몸을 달팽이집에 가두자.

절대로 분리되지 않는

자웅동체의 달팽이가 되는 거야.

기억을 지우고 또 지워도

태초의 기억을 끄집어내어

세포 구석구석까지 스며들게 하는 거야.

영혼 없는 목소리는 그대에게 돌려주고

거꾸로 돌아가는 세상은 버리는 거야.

유리창

유리창에 두 눈을 갖다 댄다.
쓸쓸한 풍경이 마을로 내려오고
먼 산도 한 뼘쯤 가까이 다가온다.
나는 재잘거리고 싶어 하는
풍경의 마음 한 자락을 훔친다.
늘 이렇게 아무도 모르는 도둑이 되어간다.
매혹적인 저 보이는 것들
내게 유혹의 눈길을 던진다.
나는 심지가 약해, 바람에 흔들리는
한 그루 나무가 된다.
해가 지고 다시 어둠이 찾아온다.
유리창이 감았던 눈을 뜨고
거짓말처럼 나를 들여다본다.
그동안 그것을 알지 못했던 나는
순간적으로 마음이 부끄러워진다.
창밖을 보여주던 유리창
오늘은 나를 보여주겠다고 속삭인다.
내면까지도 속속들이 보여주겠다고

쓸어 담을 수 없는 흔적, 으름장을 놓는다.

창밖의 풍경에 수없이 흔들리던 내가

움켜쥔 손 펴지 못한 채

곡비처럼 웃고 있다.

에움길

오랫동안 눈길을 거두지 못했다.
화려한 도시의 미술관 그림 앞에서
마음이 그 속으로 접어들어
바람처럼 그 길을 따라 떠도느라
밖으로 빠져나오는 시간이 오래 걸렸다.

저 길 모퉁이
돌아서면 어디쯤일까.
돌아서면 무엇이 나올까.
홀로 서서 오랫동안
무엇을 기다렸던가.

지쳐가는 가슴을 움켜잡고 정신을 차린다.
그 도시에서 빠져나오니
다리를 휘감고 올라오는 바람이 차갑다.

갈 수 있는 길, 갈 수 없는 길, 가야만 하는 길,
무수히 많은 길 앞에서

갈 길을 잃고 수많은 바람을 꿈꾸었다.

사는 일이 바람 같다.
바람처럼 되지 않지만 바람을 붙잡고 기도한다.
이 에움길, 내 풍경 속 마지막 길이길.

여우비 내리고

해 질 녘 맑은 하늘에서 비 내린다.
잠자리 한 마리 공중을 배회한다.
비에 젖는다, 젖은 날개
왔던 그 길 돌아갈 수 있을까.

괜스레 잠자리 걱정
한 번도 가져보지 않았던
비밀한 내 날개 함께 젖는다.
투명한 날개 감추기라도 하듯
자꾸만 어깨 쪽으로 손이 간다.

애벌레의 허물을 벗고
날개를 키우던 시절이 생각난 듯
비에 젖을수록 자꾸만 땅속이 그립다.
공중을 맴돌다 집으로 돌아갔을까.
귀를 쫑긋하고 여우비를 쫓는다.

한 번도 가져본 적 없었던

한 번쯤 가져보고 싶었던

보이고 싶지 않았던 날개 말린다.

잠자리에게 보낸다, 쉿 비밀이다.

새는 날아가고

비닐하우스에서 토마토를 시식하는 날
투명한 비닐봉지를 나누어주며 공짜라는 한마디
땀방울이 맺히도록 빨갛게 익은 토마토를 딴다.
하나라도 더 가져가려는 욕심
봉지 가득 담아 품에 안고 쌓아 올린다.
토마토를 가꾸느라 힘들었을 노고 따위는 잊는다.
마음껏 공짜를 누린 행복한 휴식을 취하려고
자작나무 그늘에 잠시 들어선다.
순간 싸늘한 바람이 부는 듯 휘 휙 지나가더니
오른쪽 어깨 위에 무엇인가 떨어진 감촉
고개를 돌리고 그곳을 마주 본다.
눈으로 들어오는 그것의 정체
잿빛인 듯 흰빛인 듯 아~앙 새똥이다.
날갯짓의 찰나였을까 내 어깨 위에 떨어진 똥덩이
고개를 들어 울울창창 우거진 나무를 올려다본다.
아무것도 없다, 새는 흔적도 없다.
어디메쯤 새는 날아갔을까?
흔적도 없이 멀어진 하늘을 올려다본다.

품이 넘치도록 안아 올린 붉은 토마토

오늘 공짜 토마토의 교훈은 내 어깨 위에 떨어진

이름 모를 새, 새똥 한 덩이다.

무지개는 지고

익숙한 듯 잠시 칼을 만지고 논다.
날카로운 칼날을 어설프게 다루었을까
손가락 마디에 붉은 꽃잎이 핀다.
선물인 듯 칼이 안겨준 상처가 쓰리다.
차마 그 자리 들여다볼 엄두가 나지 않아
꽁꽁 동여맨 마디, 시간이 흐른다.
동여맨 곳을 풀고 속살을 들여다본다.
손가락 마디를 닮은 상처가 선명하다.
칼을 든 자 칼로 상처가 나고
언어를 쓴 자 언어로 상처가 난다고 하는데
내 스스로 상처 내는 일이 많다.
바람이 불고 비가 내리고 햇빛이 반짝하더니
여우비가 내리고 무지개가 뜬다.
거리의 사람들 환호하며
카메라에 무지개를 가두지만
거짓말처럼 또다시 비가 내리고 무지개가 진다.

치아와 키스

장밋빛 열정 가득한 그녀의 손을 잡으면
차갑게 스며드는 달콤하지 않은 키스
기다렸다는 듯 도발적이다.
이른 아침이나 밤늦은 시간이라도
손을 뻗으면 마다하지 않고 달려드는 그녀
오늘 아침, 그녀의 열정 토막 난다.
한 송이 장미꽃처럼 꺾어진다.
열정에 시달리다 한순간에 시들어버리는 모습
안쓰럽긴 하지만 쓰레기통에 던져버린다.
또 다른 열정을 찾아 손을 뻗는다.
사는 일이란 이렇게 쓰이고
쓸쓸히 버려지는 일이라고
그녀는 귓속말을 토해내며 사르르 숨죽인다.
또 다른 그녀와 키스를 하면
뼛속 깊이 스며드는 상큼함은 아니더라도
그 느낌, 살아 있음을 깨닫는 것이다.

꽃은 시들어도

붉은 장미꽃 한 송이, 쓰레기통에서 뒹군다.
몇 잎 남은 꽃을 주워들어
무의식적으로 코끝으로 가져가 향기를 맡는다.
향기는 남아 있으나 형체를 잃고 시들어버린 꽃
땅으로 돌아갈 준비를 서두르고 있다.
유통기한이란 마법에 걸려 시든 꽃
방부제나 첨가물이 생육될 날을 연장시켜줄 수 있을까.
영원히 생명을 지속시킬 수 있는 것은 없겠지.
거리에는 낙엽처럼 뒹굴고 흐느적거리는 것들
사랑의 신, 큐피드의 화살에 맞는다 해도
페닐에틸아민이 생성되지 않으면 그뿐이지.
넋 놓고 앉아 어찌해볼 수 없는 일도
유통기한이 있어 다 지나간다는 말이 있지.
어둠 속에 갇혀도 언젠가는 환한 빛이 들어설 날
그날을 기다리고 또 기다리는지도 모르지.
유통기한이 있어 세상 사는 일 서글퍼지지만
기억의 저편에는 행복한 것들이 더 많을지도 모르지.

어두운 터널을 지나면 환한 길이 열리는 것처럼

언젠가는 환하게 열리겠지, 어설픈 마음 길에도

카르마

깨진 그릇은 파편이 되어 흩어졌다.
무심코 그릇을 깰 때마다
일어나지 않는 일들을 불안해하며
뇌리에선 상상력을 동원한다.
흩어진 파편 조각을 아무리 잘 닦아낸다고 해도
육안으로 확인하기 어려워 조각들은 남아 있다.
나이 먹어 노안(老顔)도 서러운데
그 눈을 얕보기라도 한 듯 발바닥에 박혔다.
원인을 몰라 발바닥을 이리 보고 저리 보다가
스치듯 지나간 파편이 뇌리를 스친다.
어렵게 뽑아낸 깨알처럼 작은 무색의 조각
이 작은 조각에 아픔을 느끼는 이유 하나
오늘도 살아 있다는 증거다.
더 큰 일에는 모른 척 지나가면서도
이 작은 조각 앞에서는 꼼짝 못 하는 이유 하나
내 세포를 파고들어 통점을 헤쳤기 때문이다.
소중한 오늘 하루는
누군가의 통점을 파헤친 카르마다.

선물

하룻밤 소식이 궁금하여 비밀의 문을 연다.

무선을 타고 소중한 선물이 도착했다.

감사히 받아 클릭하니 한 폭의 그림이 펼쳐진다.

푸른 탁자 위 백자 항아리 속, 꽃송이들 가득하다.

싱싱하게 얼굴을 마주하는 나팔꽃들 넌출거린다.

먼 곳에 계신 이의 기쁜 소식인 듯 바라본다.

체취인 듯 향기 휘날려 안부가 궁금해진다.

보내주신 선물을 오래 눈으로 붙들어 맨다.

시들지 않고 오래 볼 수 있으면 좋으리라는

의미 하나 천천히 소중하게 건져 올린다.

그리운 이가 보내준 한 폭의 그림 선물

지지 않을 꽃송이처럼 변치 않을 사랑이다.

그것은 생을 붙들어 맬 희망 한 줄기다.

오래도록 포근하게, 그 힘으로 내일을 산다.

손을 놓는다

이별 앞에 생기가 빠져나간다.
제 모양을 서서히 잃어간다.

영양분이 공급되지 않는 거북등 같다.
세포가 비늘처럼 떨어져 나가더니
어둠의 씨앗이 허락 없이 자라고 있다.

세균이 전염되고 마른 꽃잎처럼 가볍다.
보이지 않는 날개가 천천히 돋아나고 있다.

아무도 모르게 조금씩 작아지는 영혼
어느 날 자취를 감추고 흔적을 지워버린 듯
심장이 멈추고 육체만 남아 서서히 차가워진다.

은하계를 떠도는 흩어진 영혼
맞출 수 없는 퍼즐처럼 산산조각 난다.
더 이상 어찌해볼 수 없다.

수없이 반복되는 적바림은 기억뿐
전부라고 생각했던 것들이 차갑게 식어간다.

모든 것이 마음이 지어낸 허상이라지만
너무 늦게 깨달은 죄 버거워 손을 놓는다.

토킹 프렌즈*

그녀는 귀여운 아기 고양이를 키우고 있다.

카카오톡 속에서 수시로 튀어나온다.

얼마나 많이 키우는지 때론 무차별적이다.

이제는 아무도 없는 골목길에서도 튀어나온다.

처음엔 소리 없이 방긋거리는 이모티콘인 줄 알았다.

그녀가 고양이를 얼마나 애지중지 키우는지.

언제부터 어떻게 사람의 언어를 가르쳤는지 모른다.

어느 날부턴가 고양이는 달콤한 잔소리를 토해낸다.

사랑해 사랑해, 어디야 어디, 지금 어딨어?

보고 싶어, 안 보고 싶어, 누구랑 어디서 뭐 했어?

때론 환장하겠다, 그녀는 고양이를 몇 마리나 키우는가.

이제는 거리로 방출된 고양이가 도심의 곳곳에서 출몰

한다.

어디를 가든 사람의 꽁무니를 쫓아다니며 앙탈을 부린다.

길을 잃고 돌아가지 못하는 고양이 때문에

거리에는 착한 캣맘이 생긴다, 앙큼해진 고양이

그녀도 점점 카카오톡 속 앙큼한 고양이를 닮아가고 있

다.

달콤했던 시절도 잠깐, 그녀는 이미 한 마리 고양이다.

*토킹 프렌즈 : 말하는 고양이 앱.

사랑초

보랏빛 사랑초에 현혹되었지.
고즈넉한 베란다 창가에 올려놓고
오래도록 주변을 서성거렸지.
가느다란 줄기에 몸을 지탱하고
햇살과 달빛을 받으며 잘 자랐지.
줄기마다 세 장의 잎사귀를 달고
꽃대에선 작은 꽃들 별처럼 반짝였지.
사랑초에 꽂혀 있던 햇살
아무도 모르게 서서히 사라지고
열린 창틈으로 바람이 스며들자
꽃잎의 가는 줄기 미세하게 흔들렸지.
어둠이 스며들고 모두 잠이 들었는데
보랏빛 잔잎 셋, 서서히 야합했지.
두 잎이 아닌 세 잎의 야합
줄기에 매달린 작은 꽃들 눈 감아버렸지.
네 이름은 달콤한 유혹
'버리지 않는다'는 꽃말, 귓가를 간지럽히는데
사랑이란 말, 처음부터 없었던 거야

네가 꽃이 될 수 없는 이유

사랑초란 이름 다만 풀이라는 것을

미세한 바람에도 흔들리는 풀이라는 것을

보랏빛 잔잎에 새겨놓았지.

말하는 대로

여보세요, 제 말 좀 들어주세요.

당신 말은 너무 무거워 들 수가 없어요.

여보세요, 제 말이 천금처럼 무겁다니요.

당신 말은 너무 무거워 견딜 수가 없어요.

여보세요, 길들인 제 말 좀 봐주세요.

당신 말은 천방지축이라 따라갈 수가 없어요.

여보세요, 제 말이 천방지축이라니요.

얼마나 활달하고 힘찬데 그런 말씀 하시나요.

목적지를 향해 끊임없이 달릴 수 있다고요.

여보세요, 제 말 좀 귀담아 들어주세요.

광활한 들판을 달리는 말처럼 씩씩하게

바람을 가르는 말처럼 빠르고 활기차게

마음을 배려할 줄 아는 말(言)처럼 의리를 지킬 수 있어요.

가끔은 무거울 수 있으니 조심스럽게 다뤄주세요.

멀리서 들려오는 낮은 발걸음 소리에도

이제는 조용히 귀 기울여보셔야 해요.

새로운 마음으로 말(馬)처럼 달려보자고요.

새해, 말하는 대로 소원이 이루어지도록

신비스러운 청마를 타고 우리의 행복을 향해

지평선 너머까지 힘차게 달려보자고요.

데이지 한 송이

어젯밤 집으로 돌아가는 길
연분홍 데이지 한 송이 꺾었지요.
작은 꽃 어디에 꽂아두나 살피다
자기로 빚어 만든 향꽂이에 꽂아두니
안성맞춤 어울리더군요.
한참을 넋 놓고 바라보는데
톡톡, 누군가 내 마음 두드리네요.
순간, 촘촘한 꽃잎들 나를 보고 환하게 웃는데
데이지 작은 마음에
보이지 않는 아픔을 준 것 같아
마음 한 자락 찔끔거리며 짠해지네요.
톡톡, 나만의 환상이었을까요.
햇살이 아침을 두드리는 소리, 눈을 뜨니
탁자에 놓아둔 데이지 방긋거리네요.
어젯밤 공기는 좋으셨는지요, 향긋했는지요.
아침 인사를 하다 문득 인사도 할 수 없는
먼 데로 떠난 당신이 그리워지네요.
그곳의 공기는 어떤지요, 신선한가요.

향꽂이에 꽂아둔 데이지 한 송이 보내드려요.

다리를 쪼그리고 앉아야 보일 거예요.

아주 작아서 보이지 않을까 걱정이지만,

톡톡, 내 마음 두드려주듯

당신 마음도 두드려줄 거예요.

톡톡, 또 하루가 시작되고

생(生)이 낮달 같은 그리움으로 넘실거리네요.

목련, 막 시든다

카메라 셔터를 가만히 누른다.
눈부시게 아름다운 봄이 카메라에 갇힌다.
카메라 앵글 속, 봄이 멈춘다.
정지된 세상이라 움직임이 없다.
영양분을 주지 않아도
더 이상 시들지 않는 봄
누군가의 손이 셔터를 누를 때
나도 모르게 카메라에 갇힌다.
카메라 앵글 속, 내 세포들
나도 모르게 마비된 듯 움직이지 않는다.
더 이상 시들지 않는 세상
카메라 앵글 속에서만 가능하다.
언젠가는 내 움직임도 멈출 것을 안다.
동공이 흐려지고 심장이 정지하면
세상을 볼 수 있는 마음의 눈
노을처럼 저물 것을 안다.
눈부시게 아름다운 목련, 막 시든다.

제4부

그대도 내겐 바람이다

이별의 시간

링거액을 맞으며 암병동에 누워 있는 너
작아진 얼굴과 흰 치아가 도드라져 보인다.
이제는 지쳐 그만 돌아가고 싶다고
프리지어 위를 맴돌았던 노랑나비의 추억을 말한다.
먼 옛날에 흘러가버린 오래된 이야기를
청포도 같은 낯빛으로 주절주절 늘어놓는다.
뼈만 앙상한 네 작아진 손을 잡고
인생이란 잠시 머물다 가는 여인숙과 같다고
낙엽처럼 쓸쓸한 언어를 몇 마디 남긴다.
힘내라고 말하는 이별의 시간
침대에 누운 네 동공에 맺힌 이슬방울
붉게 떠오르는 태양 앞에 찬란히 빛난다.
인생의 아침을 몇 번쯤 맞이할 수 있을까.
신의 영역이라 알 수 없다.
무책임하게 토해낸 위로의 언어들
공중을 맴돌다 나에게 화살처럼 꽂힌다.
아무것도 아니라고 생각했던
오늘이란 시간을 소중히 배웅한다.

어느 별이 되었을까

갇힌 감옥을 벗어나듯 문을 열고 나선다.
거리의 바닥에 떨어져 뒹굴고 있는 땡감 하나
티끌처럼 눈에 들어와 자리를 잡는다.
어젯밤 스치고 지나간 바람의 흔적이 흥건하다.
누군가의 발에 채어 이리저리 굴러다녔는지
땡감은 온몸에 상처를 가득 안고 흙투성이다.
다 익지도 못하고 바닥에 떨어져버린 감
불온한 마음에 생채기를 내고 자꾸만 치인다.
땡감처럼 떨어져 떠난 그녀
마음속으로 들어와 말을 건다.
지금쯤 어느 별이 되었을까.
저물녘, 가슴 겹겹이 별들 가득 차오른다.
내려놓지 못하고 살아온 마음 그늘
저만큼 멀리서 이제 그만 멈추라고 말하는 것 같다.
그녀인 양 땡감을 주워들자 빗방울이 떨어진다.
꼭지 부분, 벌레가 다녀간 자리 검게 패어 있다.
어느새 마음 자락 깊숙한 곳에 그리움처럼
벌레 한 마리 들어앉아 나를 갉아 먹고 있다.

가지에서 떨어질 듯, 살아온 생(生)이 버겁다.

그녀가 아무도 모르게 말을 걸어온다.

그것이 무엇이든 이제 그만 내려놓는 연습을 하라고

내려놓아야 살 수 있다고 쥐고 있는 손을 편다.

그대도 내겐 바람이다

가슴에 품고 살았던 그대를 만나러 간다.
아무도 모르게 산을 넘고 강을 건넌다.
그동안 바람을 품고 살았나.
바람 속에 갇혀 살았나, 의문을 쫓는다.
가슴속에 품은 그대도 내겐 바람이다.
공기가 있어 숨을 쉬듯 바람이 있어 숨을 쉰다.
바람 때문에 떠도는 내 영혼의 실체
늘 바람과 떠돌고 싶어 하는 사유는
피할 수 없는 고행의 길이다.
마음의 수수밭을 지나,
직소포에 들어* 완창을 듣는다.
절망적이어서 좋고 절망스럽게 살아와서 좋고
이제는 세상이 보이기 시작해서 좋다.
아웃사이더의 설움이 울컥하는 것은
아직도 포기할 수 없는 바람 때문인지 모른다.
다시 태어나고 싶냐는 물음
아니다라는 대답 사이로 행불(行佛)하란다.

그대를 만나고 돌아가는 길

바람을 품고 나는 행불할 수 있을까.

* 직소포에 들어 : 천양희 시인의 시 일부 인용.

안개에 갇히다

나무는 절정의 마지막 몸부림을
아름다운 단풍빛으로 토해냅니다.
겨울의 초입을 찬서리로 물들이고
사그락 사그락 마을을 흔들어 깨우는 산야
그 소리 귓전에 맴돌아 밤새 잠 못 이룹니다.
오늘은 는개비 내리는 산야를
외로이 바람처럼 떠돕니다.
걷힐 듯 걷히지 않는 산등성이
안개에 둘러싸인 나무의 몸부림
가까이 가면 저만치 사라지더니
돌아서면 손짓하여 나를 부릅니다.
안개 속에 갇혀 한 치 앞도 보이지 않더니
밤새 마을을 흔들었던 산야는 몸을 숨깁니다.
는개비 내려 멀미 나는 겨울날
나뭇잎처럼 온몸이 촉촉하게 물들어
갈 길을 잃고 안개 속에 갇힙니다.
산야는 배후처럼 한마디 말이 없습니다.

사막의 전설

사막의 고열이 도시를 휩쓸고 지나간다.

주말의 도시가 거대한 사막이 되었다는 소식

낙타 울음소리로부터 전해진다.

태초부터 숨을 쉬어야 살 수 있는 운명인데

호흡기를 유혹하는 치명적인 바이러스

모래성으로 쌓은 거대 도시를 흔들고 있다.

누굴까? 이 도시를 흔든 자.

3,800년 전 누란의 미녀가 안고 있던

붉은 비단 자락에 적혀 있었다는

천세불변(千世不變)의 길은 멀고 멀다.

이 도시는 누란(累卵)의 삶처럼 아슬아슬하다.

누란(樓蘭)은 어느 깊은 곳에 숨어 있을까.

누가 그 길을 찾아 꽃을 피울 수 있을까.

이 뭣고! 누군가 외치는 것 같은데

황폐화된 이 도시에선 아무도 귀 기울이지 않는다.

언제쯤 서글픈 낙타 울음소리 멈출 것인가.

사막의 전설은 우리를 위협할 뿐

실크로드도 오아시스도 먼 나라의 이야기이다.

주검의 빛

먼 나라에 살았던 코끼리의 주검
상아를 조각하여 팔찌를 만들었다는데
어떻게 비행기를 탔는지.
어찌하여 내 손목 안으로 들어왔는지.

상아 조각 마디에 새겨진 빛이 곱다.
먼 나라의 바람 소리가 은은하게 들린다.
아무도 모르게 아픈 숨결이 숨어들었는지
팔찌의 무게가 손목을 짓누른다.
주검을 팔목에 감고 코끼리의 멸종에 동참하다니

아프리카 내전 때문에 트라우마를 앓고 있다는데
높은 지능과 사회성을 지녔다는데
언젠가 읽었던 이야기 한 토막
관광객을 등에 태워주며 평생 노예로 살았던 코끼리
구조된 후 눈물을 흘렸다는데
내게 전이되었는지 팔찌를 두른 손목이 아프다.

우리는 다른 생명체의 주검으로 치장한다.

파괴를 자행하고 교만을 배운다.

그 행위를 서슴없이 우월이라고 읽는다.

조각난 생명체의 물질이 세상을 둥글게 돌아

내게 왔을 시간의 거리 아무도 측정할 수 없으리라.

우리 삶의 무게와 결코 다르지 않으리라.

당신이 태어난 이유

이리저리 돌아다니다 발견된 인터넷 사이트
당신이 태어난 이유를 알려준다는 곳이다.
노크하듯 자판기를 두드려 이름을 적는다.
연록색으로 발아된 궁금증과 호기심 사이
커튼을 열어젖히듯 화면이 느리게 바뀌자
'펭귄과 악수하기 위해서'라는 응답이 나온다.
귀엽고 앙증맞은 펭귄의 이미지를 클릭한다.
하늘을 날지 못하는 새, 뒤뚱거리는 몸
퇴화한 날개가 안쓰러워 보인다.
손을 내밀면 손을 어떻게 잡아줄까.
주름지고 거친 손을 무심히 들여다본다.
손이 있는 사람들과도 손을 잡기 어려운 세상
소통되지 않는 언어만이 난무한데
손이 없는 펭귄과 어떻게 악수를 하지.
사는 동안 태어난 이유에 가까이 갈 수 있을까.
펭귄이 사는 곳으로 마음이 날아간다.
남극을 지나서 칠레 연안을 한 바퀴 돌아
오스트레일리아에서 남아메리카 연안까지

악수하기 위해 빙해의 신사를 찾아 나선다.

무리 지어 뒤뚱거리는 펭귄들 사이에 악수란 없다.

아니 아직은 진정으로 내밀 손이 없다.

단풍이 되어

바람 불어 마음도 향긋해지는 날
나무 밑에 단풍처럼 눕는다.
울울창창했던 푸른 잎들 단풍으로 진다.
가만히 누워 올려다본다.
나비처럼 훨훨 날아가는 잎들
하나둘 다 셀 수 있을 것 같다.
절대로 오지 않을 것 같은
마지막 잎새의 시간
시의 행간처럼 잎새 사이로 빠르게 지나간다.
울울창창했던 너와 나, 사이의 경계
조임이 풀린 나사처럼 느슨해진다.
나무 밑에 누워 날아가는 나비들을 본다.
바람이 건네준 선물의 흔적
얼굴 붉히며 단풍이 지는 걸 본다.
곧 앙상한 가지로 변할 나무
누군가 그 모양을 앵글에 담고 있다.
반사된 햇살에 한쪽 눈을 찡긋한다.

나는 도솔천을 꿈꾸는 한 점 단풍이 된다.
나무를 휘감는 한 점 바람이 된다.

이별은 은하수를 건너고

바다를 닮은 등 푸른 생선 같은 그녀
산골짜기 다람쥐 같은 내게
파도치는 바다를 비밀처럼 보여주었다.
싱싱한 생선의 맛도 알게 해주었다.
바다가 보이는 창가에 앉은 그녀
송이 눈이 내려 녹는 줄도 모르고
수평선처럼 아득한 은하수 이야기를 했다.
나는 눈이 내려도 녹지 않고 쌓이는
상수리와 도토리 나라 이야기를 했다.
우리는 서로 다른 별나라 이야기를 해도
무언의 수수께끼를 풀듯 다 알겠다는 듯
의미심장한 미소를 주고받았다.
그녀는 누군가를 위해 수많은 밥상을 차렸다.
그런 그녀, 따스한 밥상 한 번 받아보지 못했다.
바다를 헤엄쳐 수평선에 닿아보지도 못하고
은하수를 봐도 더 이상 꿈꾸지 못했다.
세상일에 흔들리느라 불혹의 계단도 힘겨웠다.
하늘의 이치 차마 깨닫지 못하고

오늘은 한 줌 재가 되어 항아리 속에 갇힌다.

지금쯤 은하수를 건너고 있으리라.

마릴린 먼로

미국 로스앤젤레스를 여행 중인 애인
여자의 풍만한 가슴에 손을 얹은 사진이
클로즈업되어 카톡으로 날아든다.
만족스러운 듯, 행복해 보이는 애인의 얼굴
미세하게 보이는 근육의 떨림을 읽는다.
애인의 자랑스러운 듯한 손끝을 따라가니
제우스의 후예임을 증명이라도 하듯
그는 당당하고 떳떳하게 가슴을 펴고 있다.
나팔꽃처럼 환하게 웃는 그의 얼굴 사이로
헤라처럼 질투의 화살을 날려 보낸다.
화살이 꽂힌 자리 가슴골 사이를 따라 올라가니
관능적인 미소를 휘날리는 여자의 얼굴이 드러난다.
살아서도 죽어서도 만인의 연인
마릴린 먼로, 그녀 앞에서는 나도 유혹이 된다.
질투의 화살을 천천히 거두어들인다.
그녀의 붉은 입술에 키스하는 도발적인 상상
내 속의 아니무스, 깊은 내면이 고개를 든다.

광화문 앞

먼 길 걸어 광화문에 도착했어요.

우리가 사랑하는 광화문 앞,

사람들이 모여 촛불을 들고 있어요.

어두운 빛 사이에서 그녀는 그네를 타요.

그네의 줄 영원히 끊어지기 전에

이제 그만 내려오라고 소리치는데

못 들은 척 그네는 하늘을 올라가요.

높이 더 높이 오르고 또 올라가요.

사람들은 아이들의 손을 잡고

촛불 속에 간절한 기도를 담아요.

떠날 줄 모르고 이어지는 행렬들 사이로

그 많은 얼굴들, 착한 얼굴들이 외쳐요.

이제 그만 그네에서 내려오라고,

아침이 되면 새 아침이 되면 오늘은 이루어지리라.

열기 가득한 광화문 앞, 우리는 전진해요.

천진난만한 아이들의 눈을 가리지 말라고요.

사랑하는 광화문 앞, 새날이 밝았으니

오늘은 새날을, 새 역사를 쓸 거예요.

거리의 화가

청순한 이미지를 살리겠다고 고음으로 말하며
화가는 잃어버린 꿈처럼 찌든 겨울옷 상의를 벗는다.
옷을 벗자 군데군데 구멍이 뚫린 자줏빛 긴 소매
그 위에 덧입은 잿빛 반소매가 헐겁다.
십 분이면 완성된다며 의자에 편하게 앉으란다.
신뢰가 가지 않는 낡은 겉모습과는 달리
그리는 일에 혼신의 힘을 쏟는 남자
먹잇감을 찾아 헤매는 맹수처럼 눈빛이 살아 있다.
끊임없이 실선을 그어대는지 흔들리는 손끝 사이로
눈빛은 오로지 그린다는 꿈에 집중되어 있다.
살짝 눈웃음을 쳐보라길래 찡긋 웃어주었더니
남자는 한쪽 눈을 더욱 찡긋거린다.
얼굴의 주름살 하나까지 놓치지 않겠다는 듯
쳐다보고 또 쳐다보며 그리는 일을 멈추지 않는다.
미세하게 움직이는 손끝이 언뜻 하늘을 날고
매듭을 짓는 손의 움직임이 감지된다.
십 분 동안 천 번쯤 나를 쳐다본 빛바랜 꿈
최선을 다했다는 듯 남자는 눈빛을 거둔다.

거리의 화가 손끝에서 새롭게 태어난 나
근심 없는 소녀처럼 환하게 웃고 있다.

청호 저수지

청호 저수지로 연결된 나무 다리를 건넌다.

걸음을 멈춰도 바람처럼 흔들려 멀미가 난다.

두 다리에 힘을 줘도 혼신의 힘으로 살아내지 못해

여울지는 물결 앞에서 내 뿌리가 흔들린다.

저수지를 향해 물수제비를 뜨며

아리고 시린 기억을 수장시킨다.

물결은 이쪽 끝에서 저쪽 끝으로

원형의 파도를 치며 자꾸만 약을 올린다.

'소원을 말해봐, 소원을!'

바람에도 흔들리지 않는 혼불을 주세요.

범접하지 못할 정갈한 마음도 주세요.

저울질할 수 없는 소원인 줄 아는지

물결은 넌출넌출 받아 적는다.

언어로 토해내고 목판에도 새긴다.

어설픈 마음이 전해질 수 있을까.

청호 저수지는 눈빛 시리도록 깊어지고

여운이 남는 그리움, 속눈썹이 오래도록 젖는다.

섬

환상을 안겨준 섬이었던 곳을 건넌다.

사람들은 아직도 섬이라 부르지만

이제는 섬이 될 수 없는 곳이다.

연륙교를 건너 거금도로 가는 길

황홀한 다리의 유혹을 견뎌야 한다.

거금도 해안도로를 한 바퀴 돈다.

속이 텅 빈 조개껍데기들이 뒹구는 연소 해변에서

속이 텅 빈 조개껍데기가 된다.

가벼운 것, 알맹이가 없는 것

겉으로만 나돈다는 것

이제는 인정할 수밖에 없다.

한때는 간절하게 그리웠던 이름 하나, 섬

흰 바람벽에 갇힌 나를 유혹하던 곳

가까이 갈수록 초라한 경계가 있다.

이제는 섬이 될 수 없다는 것을 안다.

아직도 섬이라 부르는 거금도에서

도망치고 싶은 또 다른 나를 본다.

내가 아닌 이방인이 내 안에 살고 있다.

미륵사지 석탑

석탑의 나라, 화려했던 시절은
먼 달나라처럼 갈 수 없는 곳
시멘트로 덧바른 흉물스러운 모습
아무리 벗어내려 몸부림쳐도
시간은 천천히 흘러간다.
복원으로 더디기만 한 세월
당신을 발굴하듯 조심스럽고
가슴 떨리는 일이라는 것을 안다.
기다림의 미학을 새겨 넣는다.
해체되는 시간들 사이로 돌을 얹으며
탑을 세우는 간절한 마음들이 모여든다.
발굴하고 해체된 저 탑을 세우듯
나는 아직도 당신을 복원 중이다.
언제쯤 끝이 날까, 완성될까.
가을날의 파란 하늘은 말간 얼굴로
하얀 구름 불러 모아 탑을 세우고 있다.
천년만년 버텨줄 그날을 위해
당신의 부재(部材)에 생기를 불어넣는다.

자유의 여신상

목욕탕에선 태초에 벌거벗고 살았다는
먼 나라의 여신들 이야기
우리는 빙 둘러앉아 때로 여신을 꿈꾸죠.
다리를 꼬고 앉아 차가운 커피를 마시는
벌거벗은 여신들의 백옥 같은 둔부 사이
풀밭 위의 점심식사가 떠올라요.
푸른 물고기의 비늘을 털어내듯 주위를 둘러봐요.
환생한 비너스들 뽀얀 얼굴의 비너스들
세이렌처럼 앉아 죽은 비늘을 벗겨내고 있어요.
건강하고 아름다운 세이렌
언젠가는 푸른 바다로 떠날 수 있으리라
긴 항해를 위해 배를 정비하는 것 같아요.
구석구석 아름다운 곡선
몸에 윤활유를 바르는 반짝 빛나는 여신들
벌거벗은 자유의 여신상
이곳을 등지는 순간 여신에서 사람으로 변신을 하죠.
세상은 보이지 않는 칼날로 무장되어 있고요.
그 사이에서 묘기를 부리듯 견디며 살아요.
괜찮아요, 내일은 또 자유의 여신상을 꿈꿔요.

틈의 발견과 존재의 숨결

신덕룡

1. 유리창의 역설

창밖을 보여주던 유리창
오늘은 나를 보여주겠다고 속삭인다.
내면까지도 속속들이 보여주겠다고
쓸어 담을 수 없는 흔적, 으름장을 놓는다.

— 「유리창」 부분

유리창은 안과 밖을 연결해주는 통로다. 창밖을 보자. 창 바깥으로 풍경이 펼쳐진다. 담장 아래 옹기종기 모여 꽃을 피우는 화초들이 보인다. 좀 더 고개를 들어보면 그늘을 늘이고 서 있는 나무들, 넓게 펼쳐진 들판과 높고 낮은 산들이 이어진다. 능선 위로는 장마가 지나간 뒤의 푸른 하늘과 흰 구름이 한가롭게 떠 있다. 우리의 눈길이 닿을 때마다 각각의 사물들이 새로운 표정과 모습으로 다가온다. 마음은 벌써 저들의 세계 속으로 걸어 들어간다. 내가 세계 속으로 스며드는 것이다.

밤의 유리창은 다르다. 풍경은 사라지고 어둠이 들어찬다. 어둠을 배경으로 나타난 것은 '나'이다. 창밖의 '나'와 실제의 '나' 둘밖에 없다. 보는 '나'가 보여지는 '나'로 바뀐다. 주객이 바뀐 상태가 된다. 창밖의 '나'가 실제의 나를 찬찬히 들여다보고 있는 형국이다. 마치 누군가의 시선 앞에 발가벗겨진 상태로 서 있는 듯한 느낌이 드는 것은 당연하다. 이 느낌은 불안으로 이어진다. 응시하는 시선 앞에 꼼짝 못하고 붙들려 있다는 생각 때문이다. 특히, 내가 모르는 부끄러운 기억이나 감추고 싶은 비밀까지 상대방이 알고 있다는 생각으로 더 불안해진다.

이런 불안은 어디서 오는가? 나라는 존재가 지닌 한계에서 온다. 사실, 우리는 '나는 누구인가?'라는 존재론적 물음에서 "신의 영역"(「이별의 시간」)이라는 죽음, "무수히 많은 길 앞에서"(「에움길」)의 방황, 원치 않는 삶 등등 모르는 것들 투성이다. 굳이 '인간은 본질적으로 불안한 존재'라는 키에르케고르의 말을 빌리지 않더라도 우리는 수많은 불안을 안고 살아간다. 그 이유는 명백하다. 자유롭고 싶은 욕망 때문이다. 가깝게는 나를 알고 있는 누군가의 시선으로부터 운명에 이르기까지 스스로 삶의 주체이고자 하는 욕망이다.

이게 쉬운 일인가? 쉽지 않기에 "내면까지도 속속들이 보여주겠다"는 으름장 앞에 안절부절하고 있는 것이리라. 임미리의 시집, 『그대도 내겐 바람이다』에 나타난 시인의 위치를 잘 보여주는 부분이다.

어두워질 수 없는 세상, 잠들지 못해도
내 눈꺼풀은 잠들고 싶은 날, 그런 날 있지.
견딜 수 없는 세상, 아프게 보여줄 때도
나는 조용히 눈꺼풀이 내려앉기를!
거짓말처럼 내려앉는다고 주문을 외우지.
죽은 듯 잠들고 나면 모든 것이 끝이라고
다 버리고 혼자가 되기를 기도하며
온몸이 마취된 듯 스르르 잠이 들 때도 있지.
거짓말처럼 아침이 오고, 세상이 눈을 뜨고
아침은 가볍게 우리의 눈꺼풀을 들어 올리지.
뫼비우스 띠처럼 처음도 끝도 없이 되풀이되는
버려도 버릴 수 없는 세상에 존재하는 것들.
하늘을 가볍게 날아오르는 작은 새처럼
가끔은 세상의 끈 놓을 수 있기를 기도하지.
단풍 들어 좋은 날, 아름답게 꽃단장하고
나무와의 인연을 놓아버린 거리의 나뭇잎처럼
세상을 놓아버리고 싶은 날, 그런 날 있지.

—「그런 날 있지」 전문

이 시는 세계와 '나' 사이의 균열을 보여준다. 시인이 말하고
있듯, 세계는 나의 의지와 무관하게 그리고 억압적인 형태로
드러난다. 세계는 "어두워질 수 없는", "견딜 수 없는", "끝도
없이 되풀이되는", "버려도 버릴 수 없는" 존재인 것이다. 이런
존재로부터 억압당하고 있다는 인식은 시인으로 하여금 잠시
라도 벗어나고 싶은 생각에 빠져들게 한다. "다 버리고 혼자가
되기를 기도"하는 것이다.

혼자가 되고 싶다는 것은 세상과의 절연을 의미하지 않는다. 오히려 어느 한순간만이라도 세계의 주인, 즉 주체로서의 삶을 살고 싶다는 간절한 소망이 내포되어 있다. 지금까지의 삶이 세계에 의해 억압당하고 있었기에 "하늘을 가볍게 날아오르는 작은 새"처럼 자유롭고 싶은 것이다. 자유에 대한 열망은 「에움길」, 「안개에 갇히다」 등의 시편에서 보이는 "바람", 「여우비 내리고」에서 보이는 "날개", 「구절초」와 「선물」에서 보이는 "꽃향기"로 구체화되는데, 이들 모두 이런 열망의 객관적 상관물인 셈이다.

중요한 것은 시인이 추구하는 자유의 성격이다. 달리 말하자면, 혼자가 되는 것이 목적이 아니라는 것이다. 시인이 벗어나려고 하는 것은 세계와 나 사이의 간극에서 비롯하지만 이는 시의 외연에 지나지 않는다. 본질적으로는 내 안에 살고 있는 "이방인"(「섬」), 즉 진정한 의미에서의 '나'를 찾는 일이다. 나를 찾기 위한 전제 조건이 '혼자'가 되는 일이란 점에서다.

가슴에 품고 살았던 그대를 만나러 간다.
아무도 모르게 산을 넘고 강을 건넌다.
그동안 바람을 품고 살았나.
바람 속에 갇혀 살았나, 의문을 쫓는다.
가슴속에 품은 그대도 내겐 바람이다.
공기가 있어 숨을 쉬듯 바람이 있어 숨을 쉰다.
바람 때문에 떠도는 내 영혼의 실체
늘 바람과 떠돌고 싶어 하는 사유는
피할 수 없는 고행의 길이다.

마음의 수수밭을 지나,
직소포에 들어 완창을 듣는다.
절망적이어서 좋고 절망스럽게 살아와서 좋고
이제는 세상이 보이기 시작해서 좋다.
아웃사이더의 설움이 울컥하는 것은
아직도 포기할 수 없는 바람 때문인지 모른다.
다시 태어나고 싶냐는 물음
아니다라는 대답 사이로 행불(行佛)하란다.
그대를 만나고 돌아가는 길
바람을 품고 나는 행불할 수 있을까.
—「그대도 내겐 바람이다」 전문

　시인이 훌쩍 여행을 떠난다. 그동안 마음속으로는 여러 번 떠났을 것이지만, 이번에는 그야말로 짐을 싸서 떠나는 여행이다. "가슴에 품고 살았던 그대를 만나러 간다"고 하듯 설렘과 기대가 뒤엉켜 있다. 오랫동안의 가슴앓이에서 벗어나고 싶었으니 누구에게 알릴 만한 것도 아니다. 그야말로 조용히 "아무도 모르게" 떠날 수밖에 없으리라. 그런데 막상 여행의 시작부터 난관에 봉착한다. 자신의 삶에 대한, 그리움의 성격에 대한 의문 때문이다. "그동안 바람을 품고 살았나/바람 속에 갇혀 살았나"는 생각이 슬그머니 고개를 든 것이다. 달리 말하면, 그리움을 품고 살았는가? 아니면 그리움에 갇혀 살았는가? 하는 내면의 목소리를 듣게 된 것이다.
　품는 것과 갇힌 것은 다르다. 주체와 객체의 차이, 위치의 뒤바뀜이다. 이 혼돈이 자신의 내면에서 꿈틀거리고 있음을 발견한 것이다. 그러나 이런 혼란은 "그대도 내겐 바람이다"라는 진술을 통해 정리된다. 이 진술을 통해 "그대"는 가슴에 품은 한 사람이 아니라 시인의 내면을 일렁이게 하는 '무엇'이 된다. 시인은 그 '무엇'을 찾아 "떠돌고", 자신을 들여다보고 있다. 따라서 바람은 의인화된 꿈이나 희망, 즉 자유의 상징으로 의미가 확대된다.

그 길을 찾기가 쉬운가? "그대를 만나고 돌아가는 길"이라 했지만, 그대의 진면목을 본 것이 아니다. 스스로의 자문에서 얻은 "행불(行佛)하란다" 중얼거림이 이를 잘 말해준다. "행불"이란 말 속에는 이미 '텅 빈 존재'로서의 내가 전제되어 있기 때문이다. 텅 빈 나를 무엇으로 채울 것인가.

2. '틈'의 발견과 숨결

혼자가 되는 것은 진정한 자유가 아니다. 임미리의 시에서 보듯, 나라는 존재는 본질적으로 외로운 것이고, 알 수 없는 것이다. 그렇다고 홀로 독립해서 존재하는 것도 아니다. "사람과 사람 사이의 적당한 거리"(「향기에 취해」), "내려놓아야 살 수 있다"(「어느 별이 되었을까」)라고 하듯, 혼자란 나를 찾기 위한 전제 조건에 불과하다. 시인은 이를 잘 알기에 "행불"이란 화두를 꺼내든 것이다. 다시 말해 '텅 빈 존재'로서의 존재 인식은 '실체 없는 존재'로서의 나를 전제로 한 것이다. 결국 관계 속에서 자유를 찾을 수밖에 없다. 시인이 자유롭기 위해 새로운 여정을 시작하는 이유다.

　　나무 둘레의 흙을 동그라미 그리듯 파낸다.
　　삽을 들어 동그라미 속으로 퇴비를 넣는다.
　　파낸 흙을 덮어 정성껏 다듬고 마무리한다.
　　소소리바람 살 속을 헤집고 지나가더니
　　명지바람 먼 산을 넘나들어
　　오늘은 따스한 햇살을 불러들인다.
　　나무들 사이에서 풀들과 벌레들
　　하찮은 것들이 목숨을 맡기고 더불어 산다.
　　나무들 사이로 얼굴을 내밀어
　　과수원을 지키는 제비꽃과 민들레
　　삽으로 뒤집고 파내어도 항상 그 자리를 지킨다.
　　하찮은 것들이 어제도 오늘도 내일도
　　무표정한 듯 코믹한 근위병처럼
　　이 봄, 아버지의 나라를 지키고 있다.
　　　　　　　　　　　　　　　―「하찮은 것들이」 전문

　이른 봄, 남도의 들녘은 바쁘다. 겨우내 얼었던 땅에 온기가
돌고 그 온기를 품고 온갖 야생화들이 앞다투어 피어난다. 이
런 들풀들 머리 위로 과수원의 나무들이 기지개를 켠다. 마치
온몸이 근질거려 못 견디겠다는 듯 팔을 쭉 뻗는다. 막 움이
트려는 신호다. 사람들 역시 바쁘다. 풍성하게 꽃을 피우고,
열매를 맺게 하려면 서둘러 거름을 주어야 한다. 봄날의 들판
은 소리 없는 소란으로 가득 차 있다.
　시인은 나무에 거름을 준다. "나무 둘레의 흙을 동그라미 그

리듯" 파내고, 파낸 자리에 "퇴비를" 넣고, "흙"을 덮어 마무리한다. 여기까지는 거름을 주는 일상적 일에 지나지 않는다. 이 시에 숨결을 불어 넣는 것은 흙을 덮고 난 자리를 들여다보는 일에서 시작된다. 시인은 거름을 주고 흙을 덮는 일 속에서 존재들 사이의 '관계'를 찾아낸다. 봄날의 부드러운 흙 속으로 바람과 햇살이 스며들고, 이 틈과 스밈 사이에서 "풀"과 "벌레", 즉 "하찮은 것들이 목숨을 맡기고 더불어" 사는 일을 발견한 것이다. 나아가 "삽으로 뒤집고 파내어도 항상 그 자리를 지킨다"는 존재와 존재 사이의 관계와 위치를 발견하는 것으로 이어진다.

이런 관계의 발견과 인식의 확장이 자연스러운 것은 시적 정황이 시인의 삶과 밀착되어 있다는 데서 온다. 누군가 하는 일을 보는 것에서가 아니라 스스로 땀 흘리며 일하는 행위를 통해 얻어진 것이기 때문이다. 앞서 "행불(行佛)할 수 있을까"(「그대도 내겐 바람이다」)라는 자문에 대한 대답이 곧 행위 속에서 얻어진 것임을 보여주고 있다. 행불이란 부처님의 행위를 따라간다는 것이지만, 한 개인의 삶으로 환치하면, '나'는 홀로 존재하는 것이 아니라 저 "하찮은 것들" 사이의 관계에서 보듯, 더불어 살아가는 일 속에 있음을 보여주고 있다. 자유 역시 마찬가지다. 더불어 사는 삶 속에 진정한 나와 나의 자유가 깃들어 있다는 의미에서다. 이런 인식의 확장이 어느 날 갑자기 얻어진 것은 아니다.

① 는개비 내려 멀미 나는 겨울날
　　나뭇잎처럼 온몸이 촉촉하게 물들어
　　갈 길을 잃고 안개 속에 갇힙니다.
　　산야는 배후처럼 한마디 말이 없습니다.
　　　　　　　　　　　　　　　—「안개에 갇히다」 부분

② 그렇게 틈을 가지고 살았으면 좋았을 것을
　　숨결도 스밀 수 없는 각박한 지난 시간
　　스멀스멀 기어 올라와 견딜 수 없는 무게가 벽이다.

　　저 찰나를 틈의 숨결이라고 부르니
　　꿈을 꾸듯 저 높은 곳을 바람처럼 비행하기를
　　눈부신 햇살 한가득 실어 보낸다.
　　　　　　　　　　　　　　　—「틈의 숨결」 부분

　①의 시편은 겨울날의 쓸쓸한 풍경을 보여준다. 풍경을 이루는 중심의 이미지는 안개이다. 안개는 앞뒤의 풍경을 지운다. 아무것도 보이지 않는 상태가 된다. 우산을 써도 좋고 쓰지 않아도 좋을 정도의 는개비가 안개를 만들었다. 그리고 혼자 있음을 절실하게 느끼게 해준다. 더욱이 초겨울이다. 모든 것을 내려놓는 계절이다. 나뭇잎들이 붉게 물들고, 바람에 떨어지고, 땅 위에 떨어져 비에 젖는다.

　혼자라는 사실과 초겨울의 스산함과 짙은 안개가 쓸쓸함에 깊이를 더한다. 시인이 "안개 속에 갇힙니다"라고 중얼거리는 것은 자연스럽다. '혼자'일 수밖에 없는 존재에 대한 표현이다. 이런 자아에 대한 인식은 자신이 땅에 떨어져 "온몸이 촉촉하게" 젖어 있는 나뭇잎과 다를 바 없다는 사유로 이어진다. 이런 발견이 내면의 이미지, 안개 속에서 "갈 길을 잃고 젖고 있는" 나에 대한 인식으로 이어진 것이다.

②의 시편은 갇혀 있음에서 벗어나는 모습을 보여준다. 이는 '혼자'라는 것이 '젖은 나뭇잎'과 다를 바 없다는 인식 위에서 펼쳐진다. 그 시작이 "틈"의 발견이다. 이 시에서의 틈은 "바위와 바위를 지탱해주고", "얼레지꽃 보릿빛 숨결을" 토해내고, 햇살이 들락거리고, "향기가 스며"들기도 하는 곳이다. 말하자면, 모든 관계가 시작되고 유지되는 공간인 셈이다.

자연에서 발견한 이 '틈'은 인간과 자연, 인간과 인간 사이에도 그대로 적용된다. 시인 역시 마찬가지다. "그렇게 틈을 가지고 살았으면 좋았을 것"이란 자기성찰과 반성으로 이어지는 것을 보게 된다. "틈"이 단순한 공간이란 의미에서 벗어나 '존재의 방식'의 원리로 확대되는 것이다.

3. 자아의 확대와 더불어 사는 삶

앞서 보았듯 시인의 존재에 대한 인식은 '나'나 '젖은 나뭇잎'('틈의 숨결')이나 다를 바 없다는 것이다. 이는 엄밀하게 말해서 나라는 실체는 없다는 사유에 기초해 있다. 즉 '혼자'라는 것은 나란 실체를 보여주는 조건에 지나지 않는다는 생각이다. 실체란 관계 속에 형성되기 때문이다. 그렇다면 이런 존재 조건 속에서 삶의 의미를 어떻게 구성해가는가? 한마디로 이것(나)은 저것(세계)이 있으므로 존재하고 또 의미 있게 된다는 것이리라. 굳이 불교의 연기론을 들먹이지 않더라도 우리의 삶 속에 깊숙이 들어와 있는 사유이다. 문제는 이런 사유를 어떻게 구체화하고, 또 공감의 차원으로 확산시키느냐 하는 것이다.

임미리 시인의 경우는 자연에서 그리고 그 속에서 실천적인 행위를 통해서 이를 구체화하고 있다. 체험을 통해 스스로를 발견하고 이를 바탕으로 나와 타자, 나와 세계 사이의 관계로 나아가는 과정을 보여준다. 다음의 시에 그의 사유가 나 아닌 타자에게로 확장해가는 모습이 잘 나타나 있다.

먼 나라에 살았던 코끼리의 주검
상아를 조각하여 팔찌를 만들었다는데
어떻게 비행기를 탔는지.
어찌하여 내 손목 안으로 들어왔는지.

상아 조각 마디에 새겨진 빛이 곱다.
먼 나라의 바람 소리가 은은하게 들린다.
아무도 모르게 아픈 숨결이 숨어들었는지
팔찌의 무게가 손목을 짓누른다.
주검을 팔목에 감고 코끼리의 멸종에 동참하다니

아프리카 내전 때문에 트라우마를 앓고 있다는데
높은 지능과 사회성을 지녔다는데

언젠가 읽었던 이야기 한 토막
관광객을 등에 태워주며 평생 노예로 살았던 코끼리
구조된 후 눈물을 흘렸다는데
내게 전이되었는지 팔찌를 두른 손목이 아프다.

우리는 다른 생명체의 주검으로 치장한다.
파괴를 자행하고 교만을 배운다.
그 행위를 서슴없이 우월이라고 읽는다.

조각난 생명체의 물질이 세상을 둥글게 돌아
내게 왔을 시간의 거리 아무도 측정할 수 없으리라.
우리 삶의 무게와 결코 다르지 않으리라.

— 「주검의 빛」 전문

    모든 문학 장르가 그렇듯이 시는 무심(無心)을 일깨우는 것이다. 무심이란 글자 그대로 아무 생각 없음이다. 생각이 없다는 것은 습관적으로 혹은 아무런 감정 없이 사물을 대하거나 행동을 한다는 말이다. 이것은 시를 쓰는 시인은 물론 시를 읽는 독자 역시 마찬가지다.

    이 시는 아무 생각 없이 사서 손목에 끼웠던 상아로 만든 팔찌를 중심으로 상상력을 펼치고 있다. 상아는 흰색의 금이라고 할 정도로 귀한 것이다. 오래전부터 상아는 공예품의 재료로 사용되었다. 여인의 장신구를 비롯하여 도장, 피아노의 건반, 당구공, 단추 등 일상생활에까지 퍼져 있다. 이런 상아를 얻기 위해 밀렵이 성행한 것은 주지의 사실이다. 밀렵뿐이 아니다. 인구의 증가로 인한 농지 개발로 인해 2050년쯤에는 코끼리의 서식지 중 63%가 사라질 것이란 경고까지 나오고 있는 실정이다. 이런 사태의 심각성에도 불구하고 과거의 습관대로 죄의식 없이 상아 제품을 사고 파는 일에 익숙해져 있다. 시인의 경우도 마찬가지다. "어떻게 비행기를 탔는지./어찌하여 내 손목 안으로 들어왔는지."라고 하듯 별다른 생각 없이 팔찌를 구입한 것이다.

자신의 무감각을 일깨운 것은 "팔찌의 무게가 손목을 짓누"르는 느낌 때문이다. 이 느낌은 시인의 상상력에 동력을 제공한다. 이 지점에서 시인은 코끼리의 죽음과 자신과의 관계를 사유하기 시작한다. 짓누르는 느낌의 원인을 찾아나서는 것이다. 아프리카의 내정으로 인한 희생, 관광 상품, 서커스의 광대로 전락한 처지 등이 하나하나 되살아난다. 나아가 "구조된 후 눈물을 흘렸다는데/내게 전이되었는지 팔찌를 두른 손목"의 통증으로 감각화하는 것이다.

공감이란 타자의 처지에 대한 동일시로부터 온다. 동시에 구체적인 감각으로 나타난다. "아픈 숨결"에 대한 감각과 이 감각이 내게로 전이되는 과정이 그것이다. 나의 통증, 즉 "손목을 짓누른다"는 것과 "손목이 아프다"는 표현으로 구체화된다. 이런 공감을 바탕으로 확장된 사유는 관계에 대한 성찰로 이어진다. 관계란 얽혀 있음이다. 코끼리의 삶과 우리의 삶이 서로 얽혀 있다는 것이며, 그 얽힘은 서로가 서로에게 평등하고 조화로운 상태여야 한다는 것이다. "우월"과 이를 바탕으로 한 "교만"이 아니어야 한다는 자각이다. 코끼리와 "우리 삶의 무게"가 다르지 않다는 것이다.

모든 삶이 평등하고 조화로워야 한다는 인식은 사람과 사람 사이에도 마땅히 이뤄져야 할 일임은 다음 시에서도 잘 나타난다.

> 복숭아나무, 알밤 크기의 열매들
> 사이좋게 어깨를 맞대고 다닥다닥 붙어 있다.
> 향기가 드나들 바람구멍 없어도
> 맨살끼리 부딪치면 저희끼리 정겹다.
> 아버지의 나라 과수원, 오늘은 열매솎기를 한다.
> 여럿 중에 가장 잘난 놈만 남겨두고
> 가장 잘난 놈만 선호하는 우리네 인생처럼
> 서러운 생을 마주 대하듯 열매솎기를 한다.
> 꽃 핀다고 다 열매가 될 수 없고
> 열매가 된다고 다 과일이 될 수는 없다.
> 못난 놈은 저 혼자 서러워
> 지나가는 손길만 스쳐도 먼저 알고 툭툭 붉어진다.
> 한 번쯤 피워보지도 못하고 땅으로 내던져지는 놈들
> 땅으로 나뒹굴고 깨져 흙 범벅이다.
> 민얼굴이 시퍼렇다, 쉿! 비밀 같지만
> 사람살이도 다 열매 솎느라 속절없이 바쁘다.
>
> ─「열매솎기」 전문

위의 시에서 볼 수 있듯, 열매솎기란 "다닥다닥 붙어 있는" 열매 중 크고 실한 것만 남기고 떼어내는 일이다. 그렇게 해야

나무의 영양분이 분산되지 않고 좋은 열매를 얻을 수 있기 때문이다. 좋은 열매란 상품성이 있는 열매다. 즉, 좋은 상품을 만들기 위해서는 꼭 필요한 일이다. 땀 흘려 일하는 농부의 입장에서는 힘이 들더라도 해야 하는 일이다. 그러나 시인은 이런 상식에 시비를 건다. 작은 열매들을 어째서 생명이 아닌 상품으로 보느냐는 것이다. "향기가 드나들 바람구멍 없어도/맨살끼리 부딪치면 저희끼리" 정겨운데……

농부와 시인의 처지는 다르다. 농부가 열매를 교환 가치의 대상으로 본다면, 시인은 작고 크고, 실하고 허한 모든 열매들을 생명 가치로 본다. 그럼에도 불구하고 "서러운 생을 마주 대하듯 열매솎기를" 할 수밖에 없다는 자괴감을 내보인다. 이유는 간단하다. 열매솎기와 같은 일이 우리네 삶 속에서도 일어나고 있다는 반성적 인식 때문이다. "잘난 놈만 선호하는 우리네 인생"이라고 하듯, 우리에 삶의 문제와 다를 바 없다는 것이다. 시인이 "쉿, 비밀"이라고 갑자기 목소리는 낮추지만, 이 낮은 목소리 속에 더 큰 울림이 깃들어 있음은 물론이다. 목소리를 낮추는 순간, 우리의 사유는 열매솎기가 단순히 과수원의 영역을 벗어나 우리네 삶의 영역으로 확대되는 것을 알게 된다. 차별과 배제가 일상화된 삶으로 대체되는 것이다.

순간적인 사유의 확장이나 감정이 진폭이 서정시가 지닌 특장이라는 것은 상식에 속한다. 중요한 것은 시인의 직접적인 고백이 아니라 실천적인 행위나, 어깨 위에 닿는 "감촉"(「새는 날아가고」)처럼 감각으로 구체화되어 있느냐는 점이다. 이런 감각은 시인이 어떤 위치에 있느냐에 따라 달라지기 마련이다. 이 시에서 보듯 구체적인 생활 체험을 통해 느끼고 생각하고 반성하는 위치, 이것이 감동을 불러일으키는 것이다. 시인의 고백에 자연스럽게 귀를 기울이게 되는 이유이기도 하다.

4. 감각의 확장

대부분의 서정시가 그렇듯, 임미리의 시에 나타난 감각은 불화(不和)에 바탕을 두고 있다. 불화란 나와 나, 나와 세계 사이의 간극에서 비롯한다. 이런 간극은 나와 세계를 냉철하게 바라보는 자세 그리고 반성적 사유가 작동하는 위치에 설 때 선명해진다. 「유리창」에서 보듯, 자신을 응시하는 또 다른 자아와 마주한 상황이 그렇고 그런 자아를 찾아나서는 과정에서 겪는 갈등 역시 마찬가지다. 의미 있는 것은 "너를 벗어나서는 아무것도 할 수 없다"(「만연사, 연등」)고 하듯 나와 세계의 관계를 통해 자아의 진면목과 삶의 원리를 찾아가는 시인의 태도다.

이런 시인의 태도는 스스로 세계 속에 들어가 그 틈을 찾아내고, 틈 속에서 "세상을 볼 수 있는 마음의 눈"(「목련, 막 시든다」)을 얻는 과정으로 구체화되고 있다. 여기에는 "지칠 줄 모르는 열정"(「새해 아침의 기도」)이 깃들어 있다. 이런 열정이 있기에 평화 속에서 불화를 읽고, 일상 속에서 부조화를 발견하는 섬세한 촉수를 드러낼 수 있었던 것이리라. 이런 태도와 열정 때문에 우리는 대상의 겉모습 너머를 생각하고, 그 너머의 생을 꿈꾼다. 대상의 겉모습이 아니라 그 이면의 진실을 발견하려는 노력 없이는 불가능한 일이다.

또 하나의 특징은 이런 과정을 통해 자아의 확대를 꾀하고 있음을 보게 된다. 이는 삶에서 맞닥뜨리는 사물이나 상황을 자아와 삶에 대한 해석의 대상으로 바꾸는 데서 잘 나타난다. 즉 우리네 삶의 구체적 국면으로 연결시킨다. 이를 통해 "햇살을 불러들인 나무"가 과일을 익힌다고 하듯(「폭풍이 지나간 자리」) 내밀한 삶의 원리를 밝혀낸다. 자신만의 고유한 시적 현실을 만들어가는 것이다. 이런 작업이 시인 자신의 구체적인 일상과 밀착해 있기에 진정성 있게 다가와 공감으로 이어진다. 앞으로의 행보와 다음 시집이 궁금해지는 이유다.

辛德龍 | 시인·광주대 교수

푸른사상 시선 92

그대도 내겐 바람이다